Dépôt légal : 1er trimestre 2007
ISBN : 978.2.7459.2608.1
Imprimé en Italie par Canale

Frédéric Stehr

Monsieur Leloup

est

Amoureux

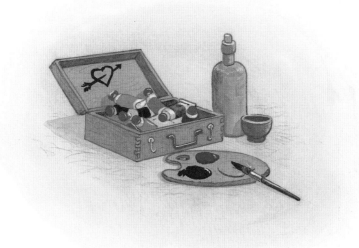

MILAN
jeunesse

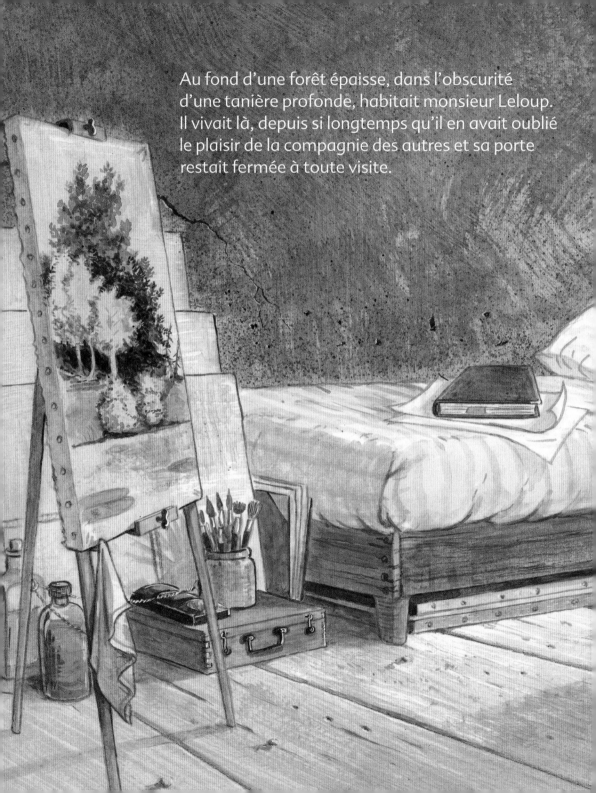

Au fond d'une forêt épaisse, dans l'obscurité d'une tanière profonde, habitait monsieur Leloup. Il vivait là, depuis si longtemps qu'il en avait oublié le plaisir de la compagnie des autres et sa porte restait fermée à toute visite.

On racontait de drôles de choses sur lui. Certains disaient que c'était certainement le loup le plus désagréable que la terre ait connu. D'autres l'accusaient même d'avoir mangé les trois petits cochons, et prétendaient que c'était à cause de lui que les humains avaient peur des loups et que ceci et que cela... Monsieur Leloup laissait dire...

Dans le secret de son jardin, à l'abri des regards,
il peignait du matin jusqu'au soir et du soir
jusqu'au matin. Ses toiles étaient belles mais
il lui semblait qu'il y manquait quelque chose.

Un jour d'automne, une louve inconnue
arriva, d'on ne sait où, avec ses deux petits
louveteaux : Loulou et Louisette. Ils s'installèrent
dans une tanière abandonnée que personne ne voulait
habiter car elle se trouvait juste à côté de celle
de monsieur Leloup et leurs jardins se touchaient.

Madame Lalouve fit de sa tanière la plus jolie de toutes celles de la forêt. Chez elle, cela sentait bon les gâteaux et son jardin plein de fleurs résonnait du rire des louveteaux. Les rires se mêlaient au chant des oiseaux et parvinrent aux oreilles de monsieur Leloup qui en fut ému. Cela lui inspira même une nouvelle toile.

Monsieur Leloup tomba amoureux de madame Lalouve mais, curieusement, cela le rendit triste car il pensait que personne, et encore moins madame Lalouve, ne pouvait aimer un loup comme lui.

Il garda son secret pour lui, de peur des moqueries,
et s'enferma un peu plus dans la solitude.

Jusqu'au jour où le ballon de Loulou atterrit dans le jardin de monsieur Leloup. Loulou n'osa pas aller chercher le ballon et monsieur Leloup, trop occupé par sa peinture, ne pensa pas à le ramasser.

Mais une chose curieuse se produisit : monsieur Leloup
prit le plus beau tube de rouge qu'il avait, en déposa
un peu sur sa palette et mit quelques touches de peinture
sur sa toile. Il en fut troublé.

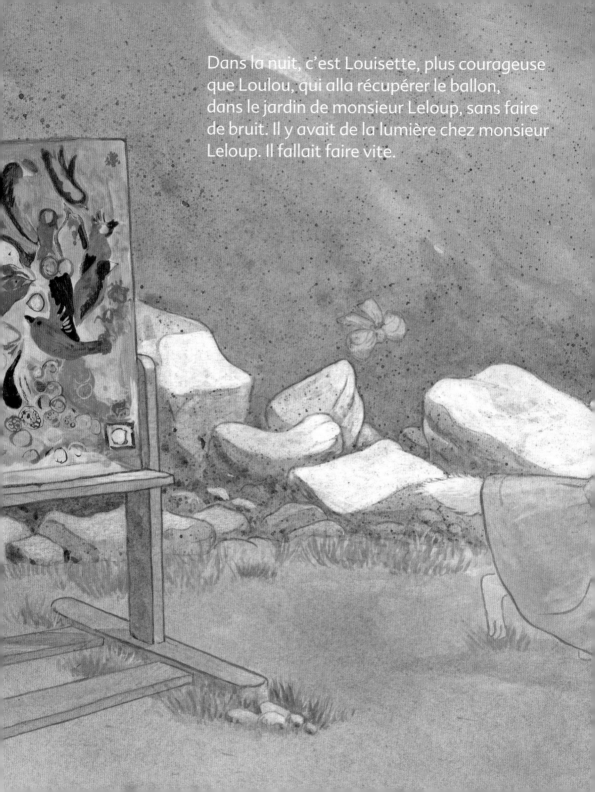

Dans la nuit, c'est Louisette, plus courageuse
que Loulou, qui alla récupérer le ballon,
dans le jardin de monsieur Leloup, sans faire
de bruit. Il y avait de la lumière chez monsieur
Leloup. Il fallait faire vite.

Le lendemain, quand monsieur Leloup sortit
dans le jardin pour continuer sa toile, il lui
sembla qu'il manquait encore quelque chose.
Il prit alors, il ne savait pas pourquoi, le jaune
le plus jaune qu'il avait dans sa boîte
de couleurs et en étala de larges touches
sur sa toile.

Il en fut aussi bouleversé que la veille
et chercha comment finir son tableau.

Monsieur Leloup passa une nuit blanche,
blanche comme la lune, blanche comme
la fourrure de madame Lalouve.

Au petit matin, madame Lalouve arriva dans le jardin de monsieur Leloup pour récupérer le nœud jaune que Louisette avait fait tomber en venant chercher le ballon.

Monsieur Leloup, déjà au travail, n'entendit pas madame Lalouve arriver. Alors, elle lui demanda d'une voix douce :

— Pourquoi ne mettez-vous pas un peu de bleu ?

Il releva la tête et son regard se perdit dans le bleu
des yeux de madame Lalouve qui tomba aussitôt
amoureuse de monsieur Leloup. Leurs cœurs se mirent à battre
plus fort. Monsieur Leloup comprit qu'il ne serait plus jamais seul !
Il prit le bleu le plus clair de sa boîte et termina son tableau.